童詩一點靈

一點靈

童詩創作速成法十三招

廖文毅 編著

CONTENTS

第二單元 作品賞析

CONTENTS

附錄 童詩教學檔案

自　序

　　這是一本筆者從事多年童詩教學所使用的教材，經過不斷彙整、改編、驗證後，完成一本適合國小中、高年級學習童詩創作的工具書。

　　根據筆者經驗，童詩創作是「童趣」與「方法」的結合，而兒童與生俱來的童趣只要以特別的方式啟發，就能發揮最大成效。本書從「修辭學」著手，特別挑出十三種容易入手的技巧來訓練學生，成效斐然，已獲得原高雄縣教育局主辦的「97年度九年一貫課程數位教學資源甄選及競賽」成績優異獎狀，想推廣出去，嘉惠更多學子。

　　本書的教學過程，從修辭學簡單的定義、注意事項，到句型結構的鋪陳、欣賞，以及童詩的仿作等，一步一步地建構出學生自己專屬的創作架構，最後便能自然而然地融合成隨心所欲的創意，這也是本書寫作的最大目的。

　　兒童總是充滿無限的創意與想像力，如果加以適當的引導，必能寫出篇篇好詩，目前市面上童詩的訓練手法繁多，筆者提供另一條入門捷徑，另一種創作思維，期盼對莘莘學子語文能力的提升有所裨益。

　　最後感謝高雄市大樹國小張文燦老師與筆者幾年來的童詩教學合作關係，也將此法推廣到原高雄縣國教輔導團國語文領域的教師研習講義，並感謝所有參與寫作的可愛學生們，序末一併致謝。

【前言】
用童真的心寫詩

　　藍藍的天，在大人眼中，只是陽光的反射，但在孩子心中，卻是綺麗的夢幻世界；白白的雲，在大人眼中，只是水蒸氣的凝結，但在孩子心中，卻是千變萬化的魔術師；淡淡的風，在大人眼中，只是氣流的移動，但在孩子心中，卻是風姑娘長長的秀髮；綠綠的山，在大人眼中，只是土石堆上的樹林，但在孩子心中，卻是力大無窮的綠巨人。擁有童真之心的孩子，是上天的恩賜，也是天生的詩人。

　　寫詩並不難，要先用身體去感覺：用「眼睛」去看，看著白雲悠悠；用「耳朵」去聽，聽著潺潺水流；用「鼻子」去聞，聞著陣陣花香；用「舌頭」去嚐，嚐著甜甜蜜糖；用「皮膚」去感覺，感覺徐徐清涼；再用「心」去體會，體會大自然的奧妙，人事時地物的變換；最後再表諸文字，用上格式、修辭等技巧，成為一首完整的詩。

　　寫詩真的不難，只要保有一顆童真的心，充份發揮想像力，寫出自己心裡的感覺，寫出屬於自己的創意，就能為叢叢詩林，開出燦爛花朵，飄散濃郁芬芳。

（摘自《小樹苗詩集》（民國93年）序、《國語日報》「教育版」
（民國100年12月20日)）

第一單元
童詩創作十三招

第一招 「明喻法」

　　我們在日常生活中，常會用形象比較具體、易懂的一種事物或情境，來說明形象比較抽象、難懂的另一種事物或情境，也就是我們常說的「比喻」或「打比方」，這種修辭學方法叫做「譬喻法」。常用的「譬喻法」有「明喻法」、「暗喻法」與「借喻法」三種。

　　在詩裡面運用「甲像乙」的句型來做比喻，而甲就是要說明的主體，乙就是用來比方的對象，這種修辭法稱為【明喻法】。

> ♥小叮嚀：「明喻法」是最常用的童詩寫作方法之一，
> 　　　　　只要靈活運用，就是成為小詩人所踏出的第一
> 　　　　　步喔！
> ♥　♥　♥　♥　♥　♥　♥　♥　♥　♥

範本句型提示：

一、板擦像一條船／溝槽像一條河。

二、春天像溫柔的媽媽／夏天像強壯的大力士／秋天像熱心的義工／冬天像仁慈的天使。

三、瀑布像一頭雪白的頭髮／蝴蝶像髮飾。

四、白雲像一位魔術師。

範　本　一

句型：

【板擦像一條船／溝槽像一條河】

作品：

在溝槽游行的小船（三仁方順立）

板擦像一條船，

溝槽就像一條河，

小船在河裡游來游去，

有些樹幹，

擋住了小船的去路。

賞析：

　　把教室裡清潔黑板用的板擦比喻成船，把放置粉筆及收集粉筆灰的溝槽比喻成河，將兩者巧妙的聯結是小詩人透過敏銳觀察力所獲得的成果；而船在行進間又受到河中樹幹（一根根粉筆）的重重阻礙，多生動寫實的描繪，足見小詩人豐富多元的想像力。

句型：

【春天像溫柔的媽媽／夏天像強壯的大力士／
秋天像熱心的義工／冬天像仁慈的天使】

作品：

春夏秋冬（三信吳婉瑜）

春天像溫柔的媽媽，

忙著照顧小孩子；

夏天像強壯的大力士，

發揮他所有的力氣；

秋天像熱心的義工，

把枯萎的葉子，

撿得一片都不剩；

冬天像仁慈的天使，

把世界帶入雪茫茫的天堂。

賞析：

　　春、夏、秋、冬是季節變化的四個時序，小詩人將它們
擬人化，分別用媽媽、大力士、義工、天使四種形象來闡釋
它們的職能。

　　春天像溫柔的媽媽照顧小孩子；夏天像大力士發揮熱
力；秋天像義工清掃葉子；冬天像天使回到白色的天堂。小
詩人用豐富的想像力創作，把詩意帶向一片真善美的境地。

範　本　三

📖 **句型：**

【瀑布像一頭雪白的頭髮／蝴蝶像髮飾】

📖 **作品：**

瀑布和蝴蝶（四忠莊于儀）

瀑布和蝴蝶在玩遊戲，

瀑布就像一頭雪白的頭髮，

蝴蝶像髮飾，

飛到瀑布上，

幫瀑布作裝飾，

真美啊！

📖 **賞析：**

　　把「瀑布」與「蝴蝶」的關係，用「頭髮」與「髮飾」來比喻，這種連鎖對應的用法，是小詩人對大自然細膩觀察的獨到見解。

　　瀑布就像一頭雪白的頭髮，把瀑布的特徵表露無遺；蝴蝶像髮飾，則有小飾品的美感。小詩人運用巧思，將不相關的兩者用「玩遊戲」串聯起來，形成一幅美麗的畫面，最後用感嘆結尾，有加強意境的作用。

範 本 四

☞ **句型：**

【白雲像一位魔術師】

☞ **作品：**

白雲（五信陳靖勇）

> 白雲像一位魔術師，
> 變東變西真簡單，
> 一下子變小狗，
> 一下子變大象，
> 一下子又變惡魔，
> 讓我看了眼花繚亂。

☞ **賞析：**

白雲變化多端，將它想像成「魔術師」，是一種極為恰切的「比喻」；而白雲是沒有生命的物體，將它想像成具有生命，又是「擬人法」的極佳表現，讓白雲在讀者的面前活了過來。

仰天看著一朵朵白雲，是一種享受；從享受中抒發靈感，是一種創意，而它所變化出來的小狗、大象與惡魔，由小而大，而近而遠，是孩子心目中最貼近的朋友，也是孩子感情的投射，眼花繚亂下藏有一份真心的體會。

教 師 示 範

花蝴蝶（廖文毅老師）

咸豐草花，

像一隻隻小白蝶，

在風中翻飛，

時而優雅振翅，

時而逆風高飛，

在綠波如海的草原上，

享受冬季的殘陽。

請寫出老師作品裡的明喻法句子？

創 作 練 習

✍ 我的明喻法句型：

【 　　　　　　　　　　　　　　　　　　　　　　　　　　　】

✍ 我的童詩創作：

　　　　題目：＿＿＿＿＿＿＿＿＿＿＿＿＿＿＿＿＿

第二招 「暗喻法」

「譬喻法」的一種，又叫「隱喻法」，在詩裡面運用「甲是乙」的句型來做比喻，就是【暗喻法】。

「暗喻法」不像「明喻法」那麼明顯、直接，而是在句子裡隱藏著比喻的痕跡。

💙小叮嚀：寫詩的時候該用哪一種譬喻法，要視當時的情境而定，不要死背，可要活用喔！
💜💙💜💙💜💙💜💙💜💙💜

👉 **範本句型提示：**

一、手指是十個兄弟／大拇指是一位老師／食指是大胃王／中指是髒話人／無名指是無名的人／小妞妞是個膽小鬼。

二、春天是樹在穿新衣的日子／夏天是樹在長大的日子／秋天是樹在脫衣服的日子／冬天是樹葉長大脫離父母的日子。

三、橡皮擦是清潔員／橡皮擦是勤勞的工人／橡皮擦是義工。

四、媽媽您是我冬天的棉被／媽媽您是我夏天的冷氣機。

範 本 一

句型：

【手指是十個兄弟／大拇指是一位老師／食指是大胃王／
中指是髒話人／無名指是無名的人／小妞妞是個膽小鬼】

作品：

手指（三仁鄭國宏）

手指是十個兄弟。

大拇指是一位老師，

常誇獎學生；

食指是大胃王，

什麼都吃得下；

中指是髒話人；

無名指是無名的人，

每句話裡面一定要有「無」字，

不然他會失憶；

小妞妞是個膽小鬼，

什麼都怕，

因為她都躲在最後面。

賞析：

　　用身體的器官來創作童詩，別有一份親切感，而十根手指頭又是我們日常生活離不開的好幫手，是童詩創作的好材料。

　　小詩人將每根手指的特色用傳神的語調加以描繪：「大拇指」是誇獎學生的好老師；「食指」是吵著要吃東西的大胃王；「中指」會罵髒話；「無名指」患失憶症；「小指」最膽小，遇事就躲在最後面。這種具體的比喻讓童詩讀起來更活潑生動。

範 本 二

📝 句型：

【春天是樹在穿新衣的日子／

夏天是樹在長大的日子／

秋天是樹在脫衣服的日子／

冬天是樹葉長大脫離父母的日子】

📝 作品：

樹的四季（四忠何育寧）

溫暖的春天，

是樹在穿新衣的日子；

炎熱的夏天，

是樹在長大的日子；

清涼的秋天，

是樹在脫衣服的日子；

寒冷的冬天，

是樹葉長大脫離父母的日子。

樹的四季真好玩。

賞析：

　　一年有四季「春夏秋冬」，是大自然既定的事實，樹在四季中各有變化，是小詩人敏銳的觀察力。

　　春天溫暖、夏天炎熱、秋天清涼、冬天寒冷，一開頭就將四季的特性呈現出來，有「破題」的味道。接著用「擬人法」寫出四季的變化，春天是樹穿新衣的日子／夏天是樹長大的日子／秋天是樹脫衣服的日子／冬天是樹葉長大脫離父母的日子，配合「排比法」的安排，完整而有創意地將樹的四季變化展現出來。

　　若能將秋天樹的「脫衣服」改成「換衣服」，把秋天葉子變色的情境寫出來，全詩將更有味道。

📝 句型：

【橡皮擦是清潔員／橡皮擦是勤勞的工人／橡皮擦是義工】

📝 作品：

橡皮擦（五信陳靖勇）

橡皮擦是清潔員，

看著亂寫的筆跡，

準備又要掃錯字垃圾；

橡皮擦是勤勞的工人，

每天辛辛苦苦的做工，

使紙面上很乾淨；

橡皮擦是義工，

無條件的幫助別人，

也不會想讓別人回報他，

卻把自己的生命都擦掉了。

📝 賞析：

橡皮擦是小學生日常寫作業離不開的工具，也是他們經常拿來把玩的小玩具，用它的功用來創作，特別容易入手。

小詩人將橡皮擦比喻成清潔員、工人、義工等三種職業的人，清潔員負責掃除錯字；工人負責把紙面擦乾淨；義工最偉大，本著「犧牲小我，完成大我」的使命感，奉獻主人愈多，自己的生命則愈短，這種昇華的感情讓文字充滿生命力。

範 本 四

句型：

【媽媽您是我冬天的棉被／媽媽您是我夏天的冷氣機】

作品：

媽媽（六信王瑛雅）

媽媽您是我冬天的棉被，

媽媽您是我夏天的冷氣機，

冬天　給我溫暖，

夏天　給我涼快，

媽媽給我永無止境的溫馨。

賞析：

媽媽呵護著我們，無微不至，像冬天的棉被一樣溫暖，像夏天的冷氣機一樣涼快，不僅帶給我身體上的保護，也帶給我心靈上永無止境的溫馨。

小詩人先用具體的東西比喻，引起讀者共鳴；再用對比的方法，相互對應；最後用心理感受總結，倍覺溫馨，彷彿媽媽的愛，穿透時空，永不停歇。

雲和船（廖文毅老師）

雲，

是藍天的船，

點點星星，

是海上的漁火；

皓皓明月，

是海上的燈塔。

船，

是大海的雲，

點點漁火，

是天上的星星；

皓皓燈塔，

是天上的明月。

請寫出老師作品裡的暗喻法句子？（提示：整首詩
的前半段與後半段字數、意義完全相互對比，是特
殊的全部修辭法表現，所以暗喻法二句一組，共有
六組十二句，中間請用句號間隔開來。）

創作練習

✍ 我的暗喻法句型：

【 　　　　　　　　　　　　　　　　　　　　　　　　　　　 】

✍ 我的童詩創作：

　　　　題目：＿＿＿＿＿＿＿＿＿＿＿＿＿

第三招 「借喻法」

「譬喻法」的一種，就是把詩的主題隱藏起來，借用某種事物來比喻，由讀者自己去猜想所要表達的主題，並在詩句裡省略了「像……」（明喻法）、「是……」（暗喻法）等關鍵字眼，叫做【借喻法】。

◎小叮嚀：「借喻法」的使用比前述兩招方法（「明喻法」與「暗喻法」）活潑有趣，有令人印象深刻、回味無窮的精采效果，記得要多加練習喔！

範本句型提示：

一、一大群小蝌蚪（指的是什麼？）

二、有位創意的藝術家／也是位雕刻家／更是位感情豐富的人（指的是誰？）

三、有一位旅行家／有一位飛行員（指的是誰？）

範　本　一

句型：

【一大群小蝌蚪（指的是什麼？）】

作品：

「　，號」（三忠吳奕成）

> 一大群小蝌蚪，
>
> 游呀游，
>
> 不在池塘裡，
>
> 卻在我的書本裡。
>
> 我希望我是小蝌蚪游呀游！

賞析：

寫詩需要創意，而創意最容易取得的來源，就是生活周遭。

小詩人用「形狀」摹寫童詩，先描寫一大群蝌蚪在游泳，但話鋒一轉，它們並不在池塘裡，卻在書本上，引起讀者濃烈的興趣，最後希望自己也能化身為小蝌蚪參與游泳，多棒的結尾。

整首詩（除了標題）完全沒有說明「小蝌蚪」是什麼，讀者卻能輕易地從內容猜想，這就是「借喻法」的最佳妙用。

範 本 二

📝 **句型：**

【有位創意的藝術家／也是位雕刻家／
更是位感情豐富的人（指的是誰？）】

📝 **作品：**

艾亞斯岩（五信陳靖強）

位於澳大利亞的沙漠中，

有位創意的藝術家，

隨著太陽的陽光轉變，

變成多種不同的顏色。

也是位雕刻家，

凹凹凸凸，

雕刻許多不同的形狀。

更是位感情豐富的人，

會以各種的表情，

面對荒蕪的沙漠。

賞析：

　　澳洲沙漠中有個知名的大岩石「艾亞斯岩」，是當地原住民心中的聖山，也是小朋友靈感的泉源。

　　將生硬的艾亞斯岩擬人化，變成充滿生命的人，他是「藝術家」、「雕刻家」、「感情豐富的人」，藝術家是因為他的顏色多變；雕刻家是因為它的形狀多樣；感情豐富的人則結合前二者，用真情面對荒蕪的沙漠。

　　將無生命化成有生命，「真情」的心容易引起「真性」的共鳴。

句型：

【有一位旅行家／有一位飛行員（指的是誰？）】

作品：

蒲公英種子（六信王瑛雅）

有一位旅行家，

他去過日本的迪士尼樂園，

玩刺激的雲霄飛車；

他去過台東的滑翔翼飛行台，

享受飛行的快感。

有一位飛行員，

他看過西藏的喜馬拉雅山，

欣賞皚皚白雪的冰峰；

他看過陽明山的花時鐘，

欣賞五彩繽紛的花叢。

他是誰呢？

他就是自由自在的蒲公英種子。

賞析：

「有一位旅行家／有一位飛行員」，小詩人完全不道出所指為誰，而是一路鋪陳，讓讀者自己領會，是典型的「借喻」手法。

這位旅行家去日本的迪士尼樂園玩雲霄飛車，去台東的滑翔翼飛行台享受飛行的快感；這位飛行員也去過西藏的喜馬拉雅山欣賞冰峰，去陽明山看花時鐘。這種玩遍海內外的偉大行跡，多麼令人羨慕，是作者豐富想像力的發揮。最後結尾用「設問法」自問自答，讓懸疑的答案水落石出，是別具巧思的安排。

教 師 示 範

龍眼樹（廖文毅老師）

纍纍的黃花，
蜜蜂告訴我，
有甘醇的花蜜；
綠綠的嫩葉，
毛毛蟲告訴我，
有陽光的滋味；
圓圓的果肉，
舌頭告訴我，
有甜美的汁液；
老老的樹頭，
阿嬤告訴我，
要懂得感謝。

請寫出老師作品裡的借喻法句子？

創 作 練 習

我的借喻法句型：

【 　　　　　　　　　　　　　　　　　　　　　 】

我的童詩創作：

題目：＿＿＿＿＿＿＿＿＿＿＿＿＿＿＿

第四招 「擬人法」

　　「轉化法」又稱為「比擬法」，當我們在描述一件事物時，常常會轉變它原來的性質，化成另一種與本質截然不同的事物，而加以形容敘述的修辭法，叫做「轉化法」。「轉化法」又可分為「擬人法」、「擬物法」與「具體法」三種。

　　把沒有生命的東西，或人以外的動物或植物，說成和人相同，具有人的動作、情感，這種修辭學方法稱為【擬人法】。

> ♥小叮嚀：「擬人法」是創作童詩最常用的方法之一，可以配合「譬喻法」一起使用，有加倍的效果喔！

範本句型提示：

一、花像媽媽一樣，每天為蜜蜂送花蜜／春天爺爺來幫她，花開心地笑哈哈。

二、天空感動的流淚／天空興奮的流淚／天空傷心的流淚／天空流完了眼淚。

三、烏雲被煙嗆到，一聲哈啾／鼻涕就噴出來。

四、小星星跟螢火蟲是一對好朋友／小星星眨眼睛，螢火蟲也跟著眨眼睛。

範本一

句型：

【花像媽媽一樣，每天為蜜蜂送花蜜／

春天爺爺來幫她，花開心地笑哈哈】

作品：

花（三信高嘉臨）

花像媽媽一樣，

每天為蜜蜂送花蜜。

可是到了冬天，

花的糖水沒有了，

誰來幫幫她？

春天爺爺來幫她，

花開心地笑哈哈。

賞析：

這是一首講故事的童詩，讀起來有劇情，有轉折，十分別致。

「花像媽媽一樣，每天為蜜蜂送花蜜」，小詩人將花比喻成媽媽，蜜蜂比喻成小孩，辛苦的媽媽每天任勞任怨、無怨無悔地為小孩子付出。但是到了冬天，萬物凋零，花媽媽沒有糖水供應，怎麼辦呢？幸虧春天爺爺來幫忙。這種過程令人擔心，結局卻是圓滿的寫法，是小詩人對大自然細膩的觀照。

句型：

【天空感動的流淚／天空興奮的流淚／

天空傷心的流淚／天空流完了眼淚】

作品：

天空為什麼流淚？（三孝謝佩好）

春天，

天空感動的流淚，

在地上的花草長得亭亭玉立；

夏天，

天空興奮的流淚，

在樹上的花兒開得更芬芳；

秋天，

天空傷心的流淚，

在樹上的花兒都掉落下來；

冬天，

天空流完了眼淚，

把希望送給春天，

希望春天又開始，

長出美麗的花草

和很好的朝氣。

賞析：

「天空為什麼流淚？」是一種「設問法」的題目，先讓讀者心中產生疑問，再聽作者將原因娓娓道來。

前三段：春天／夏天／秋天；天空感動的流淚／天空興奮的流淚／天空傷心的流淚；在地上的花草長得……／在樹上的花兒開得……／在樹上的花兒掉落……等，工整的「排比法」，把整首詩的味道框住，濃郁而芬芳，其中天空從感動到興奮，再到傷心的流淚，更將「擬人法」巧妙運用上去，十分令人讚賞。

最後一段將全詩做了總結，「冬天，天空流完眼淚，把希望送給了春天」，多美的結局，因為春天又將百花盛開，生生不息……。

巧妙的技巧，創意的理念，優美的詞句，讓整首詩活了起來。

句型：

【烏雲被煙嗆到，一聲哈啾／鼻涕就噴出來】

作品：

烏雲（四仁 簡妙如）

烏雲被煙嗆到了，

一聲哈啾，

一陣風吹過來，

鼻涕就噴出來，

開始下雨了。

賞析：

詩不在長，在於有味道，令人回味無窮。

「烏雲被煙嗆到」，小詩人第一句就用了令人震撼的「擬人法」，讓人不禁會心一笑；接下來運用「誇飾法」，被煙嗆到就會打噴嚏，打噴嚏就刮風，連鼻涕都噴出來了，變成雨，一連串的「擬人法」用得不著痕跡，充滿想像力，相當有創意。

短短的五句，就將詩眼「擬人法」具體呈現出來，是創意童詩的最佳範例。

範　本　四

句型：

【小星星跟螢火蟲是一對好朋友／

小星星眨眼睛，螢火蟲也跟著眨眼睛。】

作品：

小星星（五信吳姿蓉）

小星星跟螢火蟲是一對好朋友，

到了晚上黑漆漆的，

小星星眨眼睛，

螢火蟲也跟著眨眼睛，

彼此溝通，

夜也不會黑漆漆的。

賞析：

　　小星星是天上的螢火蟲，螢火蟲是地上的小星星，一個在天空，一個在地面，都是夜晚出來，也都會眨眼睛，擁有相似的個性，所以是一對好朋友。

　　由於他們真摯的感情交流，讓遙遠的距離縮短了，透過彼此眼睛的一眨一眨，心靈相通，讓原本漆黑冰涼的夜，變得更加光明溫馨。

　　巧妙的比喻，真情的流露，將朋友之間深厚的感情，寄託在短短的詩意上，讓情更真了，夜更美了。

教師示範

頑皮的風（廖文毅老師）

頑皮的風，

將天空雕塑家精緻的白雲塑像，

吹得零零落落；

頑皮的風，

將湖面畫家細膩的山水畫作，

塗得皺皺巴巴；

頑皮的風，

將小孩翱翔天際的快樂風箏，

晃得上上下下。

大家都討厭風！

風只好扭著腰，

垂頭喪氣地鑽入樹林，

對著葉子窸窸窣窣地說：

「我不壞，

我只想跟你們做朋友……。」

請寫出老師作品裡的擬人法句子？

創 作 練 習

✍ 我的擬人法句型：

【　　　　　　　　　　　　　　　　　　　　　　　　　　】

✍ 我的童詩創作：

題目：＿＿＿＿＿＿＿＿＿＿＿＿＿＿＿＿＿＿

第五招 「擬物法」

「轉化法」的一種，是把有生命、情感的人，說成具有物一般的特性，這種修辭學方法稱為【擬物法】。

「擬物法」又可分為「以人擬物」和「以物擬物」兩種，前者是把「人」比做「物」來描繪，例如爸爸像大樹一樣強壯；後者是把一「物」比做另一「物」來描繪，例如火爐像太陽一樣溫暖，兩者都屬於「擬物法」的範疇。

○小叮嚀：平常多用心觀察、思考，是寫好「擬物法」的必要條件。

📝 **範本句型提示：**

一、媽媽的微笑像太陽／媽媽的微笑像月亮。

二、爸爸是一隻老虎／媽媽是一隻小鹿／姊姊是一隻兔子／弟弟是一隻獅子。

三、如果我是小樹／如果我是小花／如果我是小草／如果我是大石頭。

四、媽媽的嘴巴，像機關槍一樣／媽媽的嘴巴，像糖果一樣。

範　本　一

句型：

【媽媽的微笑像太陽／媽媽的微笑像月亮】

作品：

媽媽的微笑（三信宋佳霖）

媽媽的微笑像太陽，

射出溫馨的光芒，

我感到好溫暖，

好溫暖！

媽媽的微笑像月亮，

放出優美的亮光，

我感到好慈祥，

好慈祥！

賞析：

　　以家人為寫作的材料，是特別容易發揮的主題，尤其是每天辛苦照顧我們的媽媽，而她的微笑，更是小朋友心中夢寐以求的禮物。

　　「媽媽的微笑像太陽」，充滿溫馨的光芒，讓我好溫暖；「媽媽的微笑像月亮」，散發優美的亮光，感覺好慈祥。小詩人將「媽媽的微笑」用大自然的熱情太陽與陰柔月亮來創作，有對比的效果；而偉大的媽媽往往兩者兼具，足見媽媽在大家心目中的崇高地位。

範本二

句型：

【爸爸是一隻老虎／媽媽是一隻小鹿／

姊姊是一隻兔子／弟弟是一隻獅子】

作品：

動物園（四孝池筱婷）

我們家是一座動物園：

爸爸是一隻老虎，

因為他力氣很大；

媽媽是一隻小鹿，

因為她很照顧我們；

姊姊是一隻兔子，

因為她很愛我們；

弟弟是一隻獅子，

因為他會保護我們。

所以我們家的動物園，

是世界上最棒的！

賞析：

　　「我們家是一座動物園」，小詩人用這句話破題，震撼力十足。

　　在動物園裡，爸爸力氣很大，是隻老虎；媽媽很會照顧我們，是隻小鹿；姊姊很愛我們，是隻兔子；弟弟人小志氣大，會保護大家，是隻獅子。小詩人將全家人的特色，以不同動物的特性表示，自己則成為客觀的觀察者。結尾大聲的說出「我們家的動物園是世界上最棒的」，充滿了自信，將作者愛家之情表露無遺。

句型：

【如果我是小樹／如果我是小花／

如果我是小草／如果我是大石頭】

作品：

如果我是（四仁孫慶齡）

如果我是小樹，

我就能和微風一起玩耍；

如果我是小花，

我就能讓路人聞到我的香味；

如果我是小草，

我就可以吹到清清涼涼的風；

如果我是大石頭，

我就可以讓大家坐在我的背上休息。

真是快樂呀！

賞析：

「如果我是……，我就能……。」這是一個充滿想像力的句型，只要加以適當發揮，往往有意想不到的精采結果。

小詩人先把自己想像成小樹、小花、小草、大石頭等，這是「擬物法」的表現；再將他們擬人化，小樹可以跟風玩耍／小花可以供人聞香味／小草可以吹涼風／大石頭可以讓人坐著休息，生動活潑；最後用感嘆句「真是快樂呀！」結尾，點出全詩的精神所在。

豐富的想像力，是烹煮童詩佳餚的最佳調味料。

範 本 四

句型：

【媽媽的嘴巴，像機關槍一樣／媽媽的嘴巴，像糖果一樣】

作品：

媽媽的嘴巴（五信王瑛雅）

媽媽的嘴巴，

像機關槍一樣，

我不乖的時候，

就嘰哩呱啦、霹靂叭啦的罵著，

害得我的耳朵

都快爆炸了！

媽媽的嘴巴，

像糖果一樣，

我乖巧的時候，

就滿口甜言蜜語的讚美我，

害得我的心

長滿了螞蟻！

賞析：

媽媽的嘴巴，有時嚴厲，有時甜蜜。嚴厲時，像機關槍，掃得我耳朵快爆炸了；甜蜜時，像糖果，說得我服服貼貼，心中癢癢的，好像長滿了螞蟻。

小詩人用正反面相對性的寫法，將「對比法」巧妙運用，配合「擬物法」創作，果然別出心裁。

律動的音符（廖文毅老師）

高高的電線桿，

在天空，

拉出長長的五線譜，

麻雀是上面，

跳躍的音符；

磊磊的鵝卵石，

在水面，

劃出長長的五線譜，

魚兒是上面，

游移的音符；

甜甜的家人，

在心裡，

織出長長的五線譜，

我是上面，

幸福的音符。

請寫出老師作品裡的擬物法句子？

創作練習

✏️ **我的擬物法句型：**

【   】

✏️ **我的童詩創作：**

題目：＿＿＿＿＿＿＿＿＿＿＿＿＿＿＿

＿＿＿＿＿＿＿＿＿＿＿＿＿＿＿＿＿＿＿＿＿＿＿

＿＿＿＿＿＿＿＿＿＿＿＿＿＿＿＿＿＿＿＿＿＿＿

＿＿＿＿＿＿＿＿＿＿＿＿＿＿＿＿＿＿＿＿＿＿＿

＿＿＿＿＿＿＿＿＿＿＿＿＿＿＿＿＿＿＿＿＿＿＿

＿＿＿＿＿＿＿＿＿＿＿＿＿＿＿＿＿＿＿＿＿＿＿

＿＿＿＿＿＿＿＿＿＿＿＿＿＿＿＿＿＿＿＿＿＿＿

＿＿＿＿＿＿＿＿＿＿＿＿＿＿＿＿＿＿＿＿＿＿＿

＿＿＿＿＿＿＿＿＿＿＿＿＿＿＿＿＿＿＿＿＿＿＿

＿＿＿＿＿＿＿＿＿＿＿＿＿＿＿＿＿＿＿＿＿＿＿

第六招 「具體法」

　　「轉化法」的一種，把抽象、空洞的語詞（像快樂、悲傷、興奮、開朗、感受……等等），用具體的事物寫下來，讓讀者比較容易了解，並引起共鳴，這種修辭學方法叫做【具體法】。

> ♡小叮嚀：「譬喻法」是把一個人或事物比喻成另一個人或事物（模式：「具體」像是「具體」）；而「具體法」則是把抽象空洞的語詞用具體事物寫下來（模式：「抽象」像是「具體」）。

📖 範本句型提示：

一、悲傷是苦瓜……悲傷的心情苦苦的／悲傷是檸檬……悲傷的心情酸酸的。

二、問題像　條打結的繩子。

三、興奮就是一隻好動的兔子，在草原上跑跑跳跳。

四、開朗就像一隻漂亮的蝴蝶／開朗就像一隻活潑的蜜蜂。

五、在天與地之間，我的心隨風流盪／在朋友之間，我找到我的開朗。

範 本 一

句型：

【悲傷是苦瓜……悲傷的心情苦苦的／

悲傷是檸檬……悲傷的心情酸酸的】

作品：

悲傷（三仁鄭國宏）

悲傷是苦瓜，

苦瓜苦苦的，

悲傷的心情也是苦苦的。

悲傷是檸檬，

檸檬酸酸的，

悲傷的心情也會酸酸的。

賞析：

悲傷是一種情緒，要將它具體化，才能讓讀者感同身受，引起共鳴。

第一段敘述悲傷是苦瓜，典型的「暗喻法」，苦瓜苦苦的，悲傷的心情也是苦苦的，作者用苦瓜的苦，來描述悲傷心情的苦，十分貼切；第二段敘述悲傷是檸檬，對照第一段，既是「暗喻」，也有「排比」味道，檸檬酸酸的，悲傷的心情也會酸酸的，作者用檸檬的酸，來描述悲傷心情的酸，把全詩帶入更美的境界。

全詩著眼悲傷的「苦」和「酸」，作者用最佳的「具體法」呈現，讓讀者一目瞭然，是一篇十分成功的童詩作品。

範　本　二

句型：

【問題像一條打結的繩子】

作品：

問題（三忠吳奕成）

問題像一條打結的繩子，

一想到它，

結就變緊，

很難解開；

一想到方法，

結就解開了。

賞析：

每個人心中都會有問題，當問題浮現時，腦筋就會打結；問題解決後，結就自動打開了。

將問題比喻成一條打結的繩子，是富有創意的「明喻法」，「一想到它，結就變緊／一想到方法，結就解開了」，又是「對比法」的巧妙運用，誰說童詩難寫，活用技巧，就是一篇好童詩。

短短幾句，把抽象的「問題」具體化，簡潔有力。

句型：

【興奮就是一隻好動的兔子，在草原上跑跑跳跳】

作品：

興奮（四忠陳星安）

興奮就是一隻好動的兔子，

在草原上跑跑跳跳，

自由自在，

無憂無慮，

慢慢的跳出優美的舞蹈，

唱出令人愉快的歌。

賞析：

興奮是什麼？充滿抽象而難以理解，小詩人用好動的兔子表示，貼切而富於創意。

「興奮就是一隻好動的兔子」，用「譬喻法」直接破題，簡潔有力；再用「跑跑跳跳／自由自在／無憂無慮」等「類疊法」描述，更有說服力；最後「擬人法」收尾，「跳出優美的舞蹈／唱出令人愉快的歌」，別具滋味。

把抽象的事物具體化，小詩人捉到了「具體法」的神韻。

範 本 四

句型：

【開朗就像一隻漂亮的蝴蝶／開朗就像一隻活潑的蜜蜂】

作品：

開朗（四忠莊于儀）

開朗就像一隻漂亮的蝴蝶，

開開心心的，

在花園裡唱歌，

唱出好聽的歌曲。

開朗就像一隻活潑的蜜蜂，

自由自在的，

在花園裡跳舞，

跳出優美的舞姿。

賞析：

　　小詩人運用「具體法」來表示開朗的意義，「像一隻漂亮的蝴蝶／像一隻活潑的蜜蜂」，點出了整首詩的詩眼所在。第一段用「漂亮的蝴蝶」來形容開朗，再用「擬人法」加強韻味：「開開心心的，在花園裡唱歌，唱出好聽的歌曲。」第二段用同樣的技巧，以「活潑的蜜蜂」形容開朗，配合「擬人法」強化：「自由自在的，在花園裡跳舞，跳出優美的舞姿」，別具巧思。

「在花園裡唱歌，唱出……／在花園裡跳舞，跳出……」，有「頂真」的味道，整首詩工整而簡潔，又切合題意，是一首難得的好詩。

範 本 五

句型：

【在天與地之間，我的心隨風流盪／

在朋友之間，我找到我的開朗】

作品：

感受（六信林義勝）

坐在綠玉般的大地，

試著打開心房，

在天與地之間，

我的心隨風流盪，

在朋友之間，

我找到我的開朗。

風在天空流浪，

我的心也隨著風在天空飛翔，

未知的宇宙如此美麗，

和大家在一起的時光

更美麗！

📝 **賞析：**

「感受」是一種抽象的概念，如何將它具體描繪，考驗著小詩人的巧思。

「在天與地之間，我的心隨風流盪」，道出小詩人飄忽不定的心；「在朋友之間，我找到我的開朗」，則道出與朋友相處的自在。「未知的宇宙如此美麗，和大家在一起的時光更美麗」，遞進的說法表示和朋友相處才是最好的「感受」，是小詩人的詩眼所在。

整首詩語句流暢，意境高遠，是一首難得的佳作。

教 師 示 範

快樂與悲傷（廖文毅老師）

快樂是什麼？

音符在心坎跳躍，

美妙的旋律在歡唱，

提醒我要把握好時光。

悲傷是什麼？

淚水在眼眶流淌，

潺潺的水聲在傾訴，

陰霾的背後就是陽光。

請寫出教師作品裡的具體法句子？

創 作 練 習

✍ 我的具體法句型：

【   】

✍ 我的童詩創作：

題目：＿＿＿＿＿＿＿＿＿＿＿＿＿＿＿

第七招 「摹寫法」

　　把自己對生活周遭環境中的人、事、物的各種感覺、看法，用心體會後，細膩而生動的描寫出來，這種給讀者印象鮮明、深刻的修辭學方法，叫做【摹寫法】。

　　由於每個人的感官不同，感受亦有差異，大致又可分為「視覺」（摹視）、「聽覺」（摹聽）、「嗅覺」（摹嗅）、「味覺」（摹味）與「觸覺」（摹觸）等五種摹寫法。

　　♡小叮嚀：這五種摹寫法在寫作時可以交互使用，不限一次一種，視野才會更開闊，描摹才會更具體喔！

📝 **範本句型提示：**

一、溫暖的微風／音樂家唱著美妙的歌／一個個嫩綠的小嬰兒／聞到一股充滿天堂的香味。

二、草地為什麼五顏六色呢？／白白的／綠綠的／黃黃的。

三、所以皮膚那麼白／天天曬太陽怎麼都不會黑？

四、鳳凰花直立的枝幹，就像鳳凰站立的背脊／鳳凰花的葉子，就像鳳凰美麗的翅膀／鳳凰花火紅的花，就像鳳凰身上的火。

範 本 一

句型：

【溫暖的微風／音樂家唱著美妙的歌／

一個個嫩綠的小嬰兒／聞到一股充滿天堂的香味】

作品：

春天（三信張英梅）

我最喜歡春天，

春天裡有溫暖的微風，

有許多音樂家唱著美妙的歌，

也看見一個個嫩綠的小嬰兒，

還聞到一股充滿天堂的香味，

我覺得像在媽媽的懷裡，

也像泡在春天的浴缸中，

好舒服哦！

賞析：

孩子的想像力無遠弗屆，這首詩就是最佳印證。

「春天」是個普通的主題，但透過春天所聯想出來的事物，是那麼奇特、美妙，在視覺上有「嫩綠的小嬰兒」；聽覺上有「唱著美妙的歌」；嗅覺上有「充滿天堂的香味」；觸覺上有「溫暖的微風」等，小詩人接連用四種摹寫的技巧融入詩作，自然而不做作，最後用「像在媽媽的懷裡」、「像泡在春天的浴缸中」比喻，結尾充滿令讀者「舒服」的感受啊！

句型：

【草地為什麼五顏六色呢？／

白白的／綠綠的／黃黃的】

作品：

草地 (三孝謝佩好)

草地為什麼五顏六色呢？

是那剛長出來的嫩芽，

是那剛長大的莖葉，

還是那年老的枯葉，

白白的，

綠綠的，

黃黃的，

這是有各樣年紀的草，

組成一個歡樂的家庭。

☞ 賞析：

　　五顏六色的草地，在小詩人眼中，不僅代表季節的嬗遞，更有年紀之分，十分有創意。

　　開頭以「設問法」破題，點出全詩的詩眼所在，「草地為什麼五顏六色呢？」引起讀者好奇；再用「排比法」列出原因，是剛長的嫩芽／是長大的莖葉／還是年老的枯葉；再配合顏色「類疊法」與「摹寫法」，白白的／綠綠的／黃黃的，強化語氣；最後以「擬人法」收尾，「這是一個有各種年紀的草的歡樂家庭」，一氣呵成，韻味十足。

　　將不同的修辭法融會貫通，本詩是最佳的範例。

範　本　三

📖 **句型：**

【所以皮膚那麼白／不然天天曬太陽怎麼都不會黑？】

📖 **作品：**

白雲（四忠謝慈蓮）

白雲是不是向白雪借了保養品？

還是向棉花買了化妝品？

還是牛奶喝太多了？

所以皮膚那麼白，

難道你是擦了防曬油，

不然天天曬太陽怎麼都不會黑？

📖 **賞析：**

　　求學的過程中，保持不斷的發問能力，往往是獲得新知的不二法門，而運用在寫詩上面，答案更會令人拍案叫絕。

　　作者將白雲的白，想像成是不是向白雪借了保養品，還是向棉花買了化妝品，還是失奶喝太多，才會皮膚這麼白，多有創意的答案；最後又反問，天天曬太陽皮膚不黑的原因，是不是擦了防曬油，更令人莞爾一笑，增添趣味性。

　　豐富的想像力，幽默的口吻，讓全詩意境更美。

📝 **句型：**

　　【鳳凰花直立的枝幹，就像鳳凰站立的背脊／

　　鳳凰花的葉子，就像鳳凰美麗的翅膀／

　　鳳凰花火紅的花，就像鳳凰身上的火】

📝 **作品：**

鳳凰花（六信陳靖強）

鳳凰花直立的枝幹，

就像鳳凰站立的背脊；

鳳凰花的葉子，

就像鳳凰美麗的翅膀飛向嚮往的太陽；

鳳凰花火紅的花，

就像鳳凰身上的火越來越旺盛。

鳳凰花代表著鳳凰的意識，

快到夏天就開一朵朵火紅的花，

象徵鳳凰得到全新的生命。

賞析：

　　「鳳凰花」是畢業季最常拿來創作的題材，小詩人不落俗套，與傳說中的神鳥「鳳凰」意象結合，形成獨特的詩意。

　　小詩人連續用三個比喻開頭，鳳凰花的枝幹、葉子、火紅的花，分別代表鳳凰的背脊、翅膀與身上的火，這些是具象的比喻；接下來「鳳凰花代表著鳳凰的意識」則是抽象的表徵；鳳凰花花紅似火，象徵鳳凰全新的生命，將「浴火鳳凰」的典故用上，結尾別具特色。

貝殼沙（廖文毅老師）

一粒粒晶瑩的貝殼沙，

靜靜躺在沙灘上，

像一顆顆閃爍的星星。

紅晶沙，是南風熱情的親吻，

黃晶沙，是小孩赤足的狂奔，

藍晶沙，是天空捎來的消息，

紫晶沙，是大海隱藏的秘密，

白晶沙，是天使垂落的淚珠。

五彩貝殼沙，

靜靜躺在母親懷裡，

需要我們細心呵護，

而不是自私佔有。

請寫出老師作品裡的摹寫法句子？

_____

_____

_____

創 作 練 習

我的摹寫法句型：

【 　　　　　　　　　　　　　　　　　　　　　　　 】

我的童詩創作：

題目：＿＿＿＿＿＿＿＿＿＿＿＿＿＿＿

第八招 「對比法」

　　「映襯」修辭法的一種，將兩個完全相反的語詞（像快樂與悲傷、乖巧與頑皮、安安靜靜與吵吵鬧鬧……等等），用互相對比的方式來創作，讓讀者感受出強烈的相對性，這種修辭學方法叫做【對比法】。

> ♡小叮嚀：用「對比法」寫作的時候，連句數也可以相互
>
> 　　　　　對稱喔！

✍ 範本句型提示：

一、快樂的海洋嘩啦嘩啦的笑著／悲傷的海洋安安靜靜的
　　哭著。

二、當愛情來得時候，兩個人甜甜蜜蜜的；當愛情離開的時
　　候，兩個人吵吵鬧鬧的。

三、媽媽在家時，家裡安安靜靜的／媽媽不在家時，家裡吵
　　吵鬧鬧的。

四、獅子在的時候，森林一片祥和；獅子不在的時候，森林
　　一片混亂。

範 本 一

👉 句型：

【快樂的海洋嘩啦嘩啦的笑著／悲傷的海洋安安靜靜的哭著】

👉 作品：

海洋（三信吳婉瑜）

快樂的海洋嘩啦嘩啦的笑著，

跟著海豚在追逐，

跟著海鷗在比賽；

悲傷的海洋安安靜靜的哭著，

跟海豚分享心事，

跟海鷗分享悲傷。

我喜歡快樂的海洋，

它會帶給我們歡笑。

👉 賞析：

海洋是大自然的恩賜，小詩人將它擬人化，會笑、會哭，有著和人一樣的情緒。

「快樂的海洋嘩啦嘩啦的笑著」，是狀聲詞的用法，它與海豚、海鷗一同嬉戲；「悲傷的海洋安安靜靜的哭著」，是疊字詞的用法，它與海豚、海鷗一同分享悲傷的心事。海洋有喜怒哀樂，是小詩人敏銳的觀察力；而結尾「我喜歡快樂的海洋，它會帶給我們歡笑」，則是小詩人抒發個人的感觸，希望有個充滿快樂的結局。

句型：

【當愛情來得時候，兩個人甜甜蜜蜜的；
當愛情離開的時候，兩個人吵吵鬧鬧的】

作品：

愛情（三仁方順立）

當愛情來得時候，

兩個人甜甜蜜蜜的，

說怎樣也不分離，

快快樂樂的交往。

當愛情離開的時候，

兩個人吵吵鬧鬧的，

說怎樣都要分離，

傷傷心心的分手。

賞析：

好的愛情，是感情的潤滑劑；不好的愛情，則是生活的牽絆。小詩人將自己心中的體悟，透過感性的筆觸寫出來，雖然不一定要身歷其境，卻也刻骨銘心。

詩中把愛情的「來」與「離開」，兩個人的心中感觸加以「對比」，來的時候甜甜蜜蜜，不分離，快快樂樂；離開的時候吵吵鬧鬧，要分離，傷傷心心，如此心境轉折的對比，有更高的難度。

小詩人又巧妙加上「類疊法」的「對比」運用，像甜甜蜜蜜／吵吵鬧鬧；快快樂樂／傷傷心心，更增添全詩光采。

句型：

【媽媽在家時，家裡安安靜靜的／
媽媽不在家時，家裡吵吵鬧鬧的】

作品：

兔子和烏鴉（四仁高巧雲）

媽媽在家時，

家裡安安靜靜的，

哥哥姐姐是一群乖巧的兔子，

停住了嘴巴，

不再吵鬧；

媽媽不在家時，

家裡吵吵鬧鬧的，

哥哥姐姐是一群吵鬧的烏鴉，

張開了嘴巴，

說個不停。

賞析：

兔子的乖巧、柔順，與烏鴉的吵鬧、好動，恰成強烈的「對比」。

媽媽在家時，哥哥姐姐是一群乖巧的兔子，安安靜靜，停住嘴巴；媽媽不在家時，哥哥姐姐馬上變成一群吵鬧的烏鴉，吵吵鬧鬧，說個不停。小詩人將媽媽維繫家中秩序的關鍵點了出來，讓「對比法」增光不少。

小朋友，你家是不是也有同樣的情形發生呢？取材身邊的事物，特別容易引起讀者深刻的共鳴喔！

範 本 四

☞ 句型：

【獅子在的時候，森林一片祥和；

獅子不在的時候，森林一片混亂】

☞ 作品：

獅子和獵人（五信陳靖勇）

獅子在的時候，

森林一片祥和，

動物平平安安過日子，

一聲大吼，

獵人怕怕。

獅子不在的時候，

森林一片混亂，

動物吵吵鬧鬧互相打架，

一聲槍響，

獵人奸笑。

☞ 賞析：

「獅子和獵人」的相互關係微妙，兩者同為獵人，也同樣是對方的獵物，究竟誰勝誰負，小詩人有獨到的見解。

萬獸之王是森林裡維持秩序的老大哥，牠在的時候，森林一片祥和，連獵人也不敢造次；但當獅子不在的時候，森林就開始混亂了，動物們相互爭吵，結果漁翁得利，小詩人用「獵人奸笑」結尾，象徵意涵十足。

教 師 示 範

青山（廖文毅老師）

綠綠的青山，
穿上一襲綠色的衣裳，
艷陽高照，
釋出花香好味道，
大雨滂沱，
洗出鮮綠滿山頭；
禿禿的黃山，
被脫去綠色衣裳，
烈日當空，
烤得皮膚紅通通，
大雨傾盆，
腐蝕骨肉滿傷痕。
我們要為青山穿綠衣，
才有萬年好空氣。

☞ **請寫出老師作品裡的對比法句子？**

_____

_____

_____

創 作 練 習

✍ 我的對比法句型：

【 　　　　　　　　　　　　　　　　　　　　　　　　 】

✍ 我的童詩創作：

　　題目：＿＿＿＿＿＿＿＿＿＿＿＿＿＿＿＿＿

利用「疑問的語氣」來寫詩，讓詩句活潑生動，提高趣味性，並引起讀者的共鳴，這種修辭學方法叫做【設問法】。

「設問法」可以分為三種，分別是一、「提問」（自問自答）：提出問題再回答；二、「激問」（反問）：提出問題而不直接回答，但答案就在問題的反面；三、「懸問」（沒有答案）：提出問題，留給讀者思考、想像。這三種都是創作童詩的好方法。

♡小叮嚀：使用「設問法」的時候不要太僵化，要靈活運用喔！

📖 **範本句型提示：**

一、蘋果你的臉蛋為什麼紅紅的？是不是因為你很害羞？還是你偷偷擦腮紅？

二、姊姊的日記在哪兒？

三、你為什麼要勤勞的工作？／是為了誰？／為什麼要嗡嗡嗡的叫？

四、大象啊大象，你洗澡了嗎？／大象啊大象，你吃飽了嗎？

範 本 一

句型：

【蘋果你的臉蛋為什麼紅紅的？是不是因為你很害羞？

還是你偷偷擦腮紅？】

作品：

蘋果（三信蕭晴文）

蘋果你的臉蛋為什麼紅紅的？

是不是因為你很害羞？

還是你偷偷擦腮紅？

以前你是青蘋果，

現在你是紅蘋果，

原來是你長大了，

難怪你會水噹噹。

賞析：

　　小詩人一開頭連續使用三個「設問法」，接下來用自問自答的方式鋪陳，最後用自己的獨到見解結尾，具有十足的童趣。

　　從蘋果的紅色果皮出發，去找到它臉蛋發紅的原因，是害羞嗎？還是偷擦腮紅？如此有趣的擬人法，成功吸引讀者的目光。接下來解釋以前為青蘋果，因為長大成了紅蘋果，除了有時序的推演外，也有顏色的對比描摹。最後用「水噹噹」結尾，將紅蘋果擬人到極致，非常有韻味。

句型：

【姊姊的日記在哪兒？】

作品：

姊姊的日記（三孝吳采芬）

姊姊的日記在哪兒？

在桌上，

日記裡，

有姊姊的回憶，

回憶裡有開心的事情，

也有傷心的事情，

回憶就像姊姊的幸福

那麼珍貴！

賞析：

日記記錄著日常生活中的喜怒哀樂，也鎖住人們過往的珍貴回憶，所以寫日記是個好習慣。

作者將日記與回憶相結合，用「設問法」開頭，用「演繹法」鋪陳，用「譬喻法」結尾，而且字裡行間充滿「層遞」的味道，如日記在哪兒／在桌子上；日記裡／有姐姐的回憶；回憶裡／有開心事／也有傷心事。最後一句「回憶就像姐姐的幸福那麼珍貴」，用優美的「譬喻法」結尾，將全詩帶向最高潮。

全詩字句簡潔，意境優美，著實令人動容。

範 本 三

句型：

【你為什麼要勤勞的工作？／是為了誰？／

為什麼要嗡嗡嗡的叫？】

作品：

蜜蜂（四忠何育寧）

蜜蜂，

你為什麼要勤勞的工作？

是為了誰？

是為了自己要填飽肚子，

還是為了填飽全家的肚子。

蜜蜂，

那你飛過的時候，

為什麼要嗡嗡嗡的叫？

是你的小寶寶出了事，

還是在向別的蜜蜂求婚。

賞析：

「設問法」的目的在於引起讀者注意，而作者獨特的推斷結論，往往是全詩的高潮。

蜜蜂為什麼勤勞工作？原來不是為自己，而是為家人；蜜蜂為什麼嗡嗡叫？是小寶寶出了事，還是在求婚，透過作者豐沛的想像力，把平凡的蜜蜂採蜜工作，變得充滿人情味，「擬人法」讓全詩更有味道。

生活周遭有太多為什麼？等著你去發掘不一樣的答案喔！

範 本 四

📝 句型：

【大象啊大象，你洗澡了嗎？／大象啊大象，你吃飽了嗎？】

📝 作品：

大象（五信吳姿蓉）

大象啊大象，

你洗澡了嗎？

我洗好了，

你說謊！

不然你的鼻子怎麼這麼長。

大象啊大象，

你吃飯了嗎？

我吃飽了，

你說謊！

不然你鼻子怎麼還是那麼長。

📝 賞析：

童詩最珍貴之處在於「童趣」，童趣哪裡找？日常生活就能找到。

將大象的長鼻子與童話小木偶說謊後鼻子會變長的故事相互結合，形成一問一答的趣味模式，「大象啊大象，你洗澡了嗎？」是第一道問題，牠天生的長鼻子似乎告訴我們答案了；「大象啊大象，你吃飽了嗎？」是第二道問題，無言的長鼻大象似乎又回答了。整首詩童趣味十足，看完不禁令人莞爾！

微風（廖文毅老師）

是誰？

吹皺了池水，

讓雲兒變得憔悴；

是誰？

吹落了桑葉，

讓蠶兒失去了憑藉；

是誰？

吹亂了頭髮，

讓煩惱不斷的揮灑。

原來是微風，

它輕輕拂過我的心中，

為我帶來

甜甜的白日夢。

請寫出老師作品裡的設問法句子？

創 作 練 習

✎ 我的設問法句型：

【　　　　　　　　　　　　　　　　　　　　　　　　　　】

✎ 我的童詩創作：

題目：＿＿＿＿＿＿＿＿＿＿＿＿＿＿＿＿

第十招 「類疊法」

把同一個字詞、語句，接二連三地反覆使用，以達到延長語氣或增強節奏感的效果，這種修辭學方法叫做【類疊法】。

「類疊法」分為四種，分別是一、「疊字」：同一個字詞連續使用，如藍藍的天；二、「類字」：同一個字詞間隔使用，如花開花落；三、「疊句」：同一個語句連續使用，如春風來了，春風來了，……；四、「類句」：同一個語句間隔使用，如童話世界……，童話世界……。

♡小叮嚀：使用「類疊法」可以增加詩句的韻律美感，
讓詩句朗讀的時候更有韻味喔！

♥ ♥ ♥ ♥ ♥ ♥ ♥ ♥ ♥ ♥

範本句型提示：

一、像一隻隻麻雀／快快樂樂／像一片片葉子／氣喘噓噓。

二、一朵朵美麗花兒／一隻隻漂亮蝴蝶／青青的山／綠綠的稻田。

三、白白又亮亮的牙齒／小小公主／漂漂亮亮的櫻桃小嘴中／高高興興的跳舞。

四、緩緩／暖暖／輕輕／細細／巧巧／悄悄。

範 本 一

句型：

【像一隻隻麻雀／快快樂樂／像一片片葉子／氣喘噓噓】

作品：

跑步前後（三愛陳君宜）

跑步前，

大家都像一隻隻麻雀，

追來追去，

快快樂樂。

跑步後，

大家都像一片片葉子，

垂落下來，

氣喘噓噓。

賞析：

小詩人將跑步前，跑步後，用「對比法」方式寫出來，工整而有趣。

跑步前，大家像麻雀，追來追去，好不快樂，寫出同學們精力充沛的情形；跑步後，大家像葉子，因為氣喘噓噓而垂落下來，這是十分創意的寫法，足見小詩人對大自然觀察的用心程度。

跑步前後的強烈「對比」，加上「疊字詞」的充份運用，全詩簡潔有力。

句型：

【一朵朵美麗花兒／一隻隻漂亮蝴蝶／

青青的山／綠綠的稻田】

作品：

旅行（四忠莊于儀）

放假時，

我們全家去旅行，

路上看到了一朵朵美麗花兒，

上面停著一隻隻漂亮蝴蝶，

青青的山，

綠綠的稻田。

這些景象，

讓人看了印象深刻，

真是令人難忘！

賞析：

　　旅行，是一件是愉快的事情，不但可以放鬆身心，更能獲得許多寶貴的知識與經驗，一舉數得。

　　小詩人將放假的見聞，透過優美的文字呈現出來，加上「疊字詞」的巧妙運用，如一朵朵美麗花兒／一隻隻漂亮蝴蝶／青青的山／綠綠的稻田，強化了描述的張力，也延長了語調的韻味。

　　最後以感嘆句「真是令人難忘！」結尾，大有餘音繞樑的味道。

範 本 三

句型：

【白白又亮亮的牙齒／小小公主／

漂漂亮亮的櫻桃小嘴中／高高興興的跳舞】

作品：

牙齒（四忠陳星安）

我有一顆白白又亮亮的牙齒，

她是一位小小公主，

住在我那漂漂亮亮的櫻桃小嘴中。

當我張開小嘴，

公主就會高高興興的跳舞，

好像在迎接客人一樣。

後來公主逃走了，

可能不想再跳舞，

所以我便傷心地哭了。

賞析：

　　牙齒是身體的器官之一，以它來創作，是不錯的入門方式。

　　大人的牙齒共有32顆恆齒（小孩子乳牙20顆），小詩人只取其中一顆為範本，將它比喻成一位皮膚白皙的小公主，住在漂亮的櫻桃小嘴裡。接著用對比的手法呈現，「當我張開小嘴，公主就會高高興興的跳舞，好像在迎接客人一樣」，講的是吃東西的快樂模樣；「後來公主逃走了，可能不想再跳舞，所以我便傷心地哭了」，說的又是掉牙齒的悲傷心情。

　　運用擬人手法，好像在說故事一樣，是小詩人細膩心思的表現。

範 本 四

句型：

【緩緩／暖暖／輕輕／細細／巧巧／悄悄】

作品：

生命的旋律（六信林義勝）

黃昏的夕陽，

緩緩滑落；

暖暖的微風，

輕輕吹過；

和弦的蟲鳴，

細細伴奏；

溫柔的馴鹿，

巧巧走過。

動物的生命，

自然的旋律，

正隨著光陰悄悄流逝，

啟示我要珍惜生命。

👆 **賞析：**

從大自然的現象引發自己對生命的體悟，小詩人做到了。

夕陽、微風、蟲鳴、馴鹿，它（牠）們都有獨特的週期性，有開始，有經過，有結束，細膩的詩人注意到了，對這些「自然的旋律」與「動物的生命」，都有深刻的體認，內化到人的生命也有週期，進一步啟發自己的心靈，要好好珍惜生命。

整首詩配合疊字詞的連續使用，讓生命的旋律更加精采。

教 師 示 範

校園讀書樂（廖文毅老師）

琅琅讀書聲，

字字如清泉，

在活水般的校園裡，

汩汩流動，

流過鳳凰花瓣，

沁入黑板樹叢，

滴進蟬兒腹腔，

引發共鳴，

在天藍雲白的夏季，

共譜一曲清朗諧奏。

請寫出老師作品裡的類疊法句子？

創 作 練 習

✎ 我的類疊法句型：

【   】

✎ 我的童詩創作：

題目：＿＿＿＿＿＿＿＿＿＿＿＿＿＿＿

第十一招 「感嘆法」

　　使用感嘆的語句，來表示個人對歡喜、憤怒、哀傷、快樂、驚訝等情緒的看法，這種把內心的感情世界表現出來的修辭學方法，叫做【感嘆法】。

　　感嘆的修辭法大都運用在感情比較強烈時，如果情意不夠而硬性強加，反而會失去感人的效果，使用時要特別留意。

♡小叮嚀：「感嘆法」只要在適當的時機，使用適當的語氣來表達，往往可以拉近與讀者之間的距離，容易引起共鳴喔！

❤ ❤ ❤ ❤ ❤ ❤ ❤ ❤

✍ **範本句型提示：**

一、小動物和小昆蟲都來了，變得好熱鬧哦！／小動物和小昆蟲都走了，變得好冷清哦！

二、真是難以理解啊！

三、真是勇敢啊！

四、把我日夜苦讀的努力，在一夕之間──化為烏有！／把我日積月累的錢，在一刻之──用完了！

句型：

【小動物和小昆蟲都來了，變得好熱鬧哦！／

小動物和小昆蟲都走了，變得好冷清哦！】

作品：

春天和秋天（三信張英梅）

春天的大樹，

長出嫩綠的新芽，

花開了，

還有小動物和小昆蟲都來了，

變得好熱鬧哦！

秋天的大樹，

葉子掉下來了，

花也謝了，

小動物和小昆蟲都走了，

變得好冷清哦！

賞析：

「春天和秋天」是四季的主題，帶有對比的味道。

春天的大樹長嫩芽、開花，小動物和小昆蟲都來依附大樹，形成熱鬧的生態圈；秋天的大樹，葉子掉了，花也謝了，小動物和小昆蟲失去庇護所，都離開了，環境變得冷冷清清。

整首詩分首尾兩部份，用「對比」的結構，「擬人」的手法，「感嘆」的收尾，將小詩人的心境呈現出來。

範 本 二

👉 **句型：**

【真是難以理解啊！】

👉 **作品：**

大樹的葉子（四信高嘉臨）

大樹的葉子像眼淚，

不停地流，

不停地掉，

是被欺負嗎？

還是有心事呢？

難道是想陪我們玩？

真是難以理解啊！

👉 **賞析：**

　　將大樹的葉子比喻成「人的眼淚」，再以擬人、設問等手法找原因，是小詩人充滿童趣的創意。

　　「大樹的葉子像眼淚」，它流走、掃落的原因是被欺負？還是有心事？或想陪我們玩？小詩人試著用自己的方式找出答案；最後驚人一筆，竟然說「真是難以理解啊！」如此具大轉折下的感嘆，有跌破眾人眼鏡的效果，別出心裁。

📝 **句型：**

【真是勇敢啊！】

📝 **作品：**

勇敢（四忠謝慈蓮）

勇敢就像樹一樣，

不怕風吹雨打，

不怕日曬雨淋，

仍然一直生長，

長出翠綠的葉子，

直到開花結果，

真是勇敢啊！

📝 **賞析：**

勇敢像什麼？無法用三言兩語表示，但運用「具體法」開頭，「感嘆法」收尾，就能巧妙呈現真意。

勇敢就像樹一樣，為什麼呢？因為樹不怕風吹雨打，不怕日曬雨淋，一直生長，个只在嚴苛的環境考驗下仍然長出翠綠葉子，還開花結果，果然真勇敢啊！

讓讀者有深刻的共鳴，就是一首好詩必備的條件。

範 本 四

👉 **句型：**

【把我日夜苦讀的努力，在一夕之間──化為烏有！／

把我日積月累的錢，在一刻之間──用完了！】

👉 **作品：**

數字（六信陳家瑋）

數字愛整人，

平常考給我100分，

考試時給我10分，

雖然只少了一個0，

卻差了十萬八千里，

把我日夜苦讀的努力，

在一夕之間──

化為烏有！

數字愛捉弄人，

別人買20元，

我去買200元，

雖然只多一個0，

也差了十萬八千里，

把我日積月累的錢，

在一刻之間──

用完了！

賞析：

　　小詩人以「數字」為主題，用幽默的手法表現，可看性十足。

　　首段以「數字愛整人」開頭，舉「考試」為例，平常考100分，考試才10分，遞減的數字讓他日夜苦讀的努力化為烏有；末段以「數字愛捉弄人」呼應，舉「買東西」為例，別人買20元，我買200元，遞增的數字也讓他日積月累的積蓄花光了。

　　整首詩機趣橫生，是少數以幽默手法表現童詩的佳作。

教 師 示 範

午睡（廖老師）

午睡鐘聲響起，
老師說要乖乖睡覺。
耳朵聽從老師的話，
眼睛卻不聽我的話，
左看看，
右瞧瞧，
就是睡不著！
不如閉上眼睛，
開始數綿羊。
一隻　兩隻　三隻……
七隻　八隻　九隻……
九八　九九　一百……
睡…意…終……於……來………了………
下課鐘聲卻響了！

請寫出老師作品裡的感嘆法句子？

_____

_____

_____

創 作 練 習

我的感嘆法句型：

【　　　　　　　　　　　　　　　　　　　　　　　】

我的童詩創作：

題目：＿＿＿＿＿＿＿＿＿＿＿＿＿＿＿＿

第十二招 「排比法」

又叫「反覆法」，屬於詩的一種架構，是用三個或三個以上相同或相似的語句，語氣一致的排列在一起，表達一個具有相關內容的修辭法，叫做【排比法】。

它的運用範圍很廣，只有把握性質相同、結構相似、語氣一致，不論是詞組、單句、複句、段落等，都可以靈活使用。

♥小叮嚀：使用「排比法」創作，就像套用格式，很容易上手喔！

👉 **範本句型提示：**

一、冬天來了，你怎麼知道？問……去／冬天來了，你怎麼知道？問……去／冬天來了，你怎麼知道？問……去。

二、…風……的經過，你怎麼知道？因為……／…風……的經過，你怎麼知道？因為……／…風……的經過，你怎麼知道？因為……。

三、如果我有新生命，我想變成……，就可以……／如果我有
新生命，我想變成……，就可以……／如果我有新生命，
我想變成……，就可以……。

四、畫畫的時候，畫的是…，他卻說…／畫畫的時候，畫的
是…，他卻說…／畫畫的時候，畫的是…，他卻說…。

範 本 一

句型：

【冬天來了，你怎麼知道？問……去／

冬天來了，你怎麼知道？問……去／

冬天來了，你怎麼知道？問……去】

作品：

冬天來了（三忠陳岳陽）

冬天來了，

你怎麼知道？

問樹去，

樹脫掉舊衣；

冬天來了，

你怎麼知道？

問水去，

水在河流中唱歌；

冬天來了，

你怎麼知道？

問雪去，

雪在天空跳舞。

賞析：

　　小詩人用「冬天來了，你怎麼知道？」的「設問法」開頭，以「排比」方式表達，頗有創意，但是我也不知道答案，卻可以問問別人。

　　問樹？樹用「脫掉舊衣」的動態方式回答；問水？水用「在河流中唱歌」的動態方式回答；問雪？雪用「在天空跳舞」的動態方式回答，所以雖然我不知道冬天來了沒有，透過對大自然細心的觀察，就能知道答案。

　　現在，你知道冬天來了嗎？

☞ 句型：

【……風……的經過，你怎麼知道？因為……／

……風……的經過，你怎麼知道？因為……／

……風……的經過，你怎麼知道？因為……】

☞ 作品：

風（三孝陳冠伶）

春風慢慢的經過，

你怎麼知道？

因為春風把我的悲傷吹走了。

夏風快快的經過，

你怎麼知道？

因為夏風把我的不愉快吹散了。

秋風悄悄的經過，

你怎麼知道？

因為秋風幫葉子換上五彩繽紛的衣服。

冬風緩緩的經過，

你怎麼知道？

因為冬風揮起魔術棒讓景物都變白了。

賞析：

　　春風慢慢經過，把我的悲傷吹走／夏風快快的經過，把我的不愉快吹散／秋風悄悄的經過，幫葉子換上了五彩繽紛的衣服／冬天緩緩的經過，揮起了魔術棒讓景物都變白了，「排比」的架構，加上「擬人」的修辭，與「想像力」的運用，讓普通的風變得更精采。

　　詩中還包含「你怎麼知道？」的「設問法」，慢慢／快快／悄悄／緩緩的「疊字詞」，創作技巧十分靈活。

範 本 三

句型：

【如果我有新生命，我想變成……，就可以……／

如果我有新生命，我想變成……，就可以……／

如果我有新生命，我想變成……，就可以……】

作品：

新生命（四孝陳思羽）

如果我有新生命，

我想變成一隻小小鳥，

就可以自由自在的飛翔。

如果我有新生命，

我想變成一棵大樹，

就可以在草皮上吹著微風。

如果我有新生命，

我想變成一片寧靜的天空，

就可以沒煩惱的過日子。

賞析：

「如果我有新生命，我想變成……。」這是小詩人根據自己的想像力加以發揮，有拋棄乏味現實，追求夢想的味道。

小詩人第一段想變成小鳥，可以自由自在飛翔；第二段想變成大樹，可以在草皮上吹風；第三段想變成天空，沒煩惱過日子，連續三次，用「排比法」把幻想串連起來，想像多樣而有趣。

工整的「排比法」，除了能發揮佈局有致的特效外，更有助於提昇意境。

句型：

【畫畫的時候，畫的是……，他卻說……／

畫畫的時候，畫的是……，他卻說……／

畫畫的時候，畫的是……，他卻說……】

作品：

畫畫的時候（六信陳靖勇）

畫畫的時候，

畫的是月亮，

他卻說香蕉。

畫畫的時候，

畫的是太陽，

他卻說餅乾。

畫畫的時候，

畫的是雲，

他卻說棉花糖。

真不知道他的腦子，

到底在想什麼？

賞析：

這是一首具有批判意味的幽默童詩。

畫畫的人畫出來的作品，往往希望得到別人的認同與讚美，小詩人捉住這個聯結，反向操作，用「排比」的手法，連舉三個例子，畫月亮說是香蕉；畫太陽說是餅乾；畫雲說是棉花糖，小詩人不覺得是自己畫的不好，反而認為是別人故意搗蛋，所以用「真不知道他的腦子，到底在想什麼？」結尾，童趣感十足。

教師示範

冬至的祝福（廖文毅老師）

冷冷的冬至，

熱呼呼的湯圓，

充滿熱騰騰的祝福………。

吃顆紅湯圓，

願明年，

事事都如願；

吃顆白湯圓，

願明年，

天天都強健；

吃顆芝麻湯圓，

願明年，

處處好人緣；

吃顆鹹湯圓，

願明年，

家家慶團圓。

冷冷的冬至，

熱呼呼的湯圓，

齒頰留香的甜，

不是糖，

而是家人難得團聚的——

歡樂時光。

📝 請寫出老師作品裡的排比法句子？

創 作 練 習

✎ 我的排比法句型：

【　　　　　　　　　　　　　　　　　　　　　　　　】

✎ 我的童詩創作：

題目：＿＿＿＿＿＿＿＿＿＿＿＿＿＿＿

＿＿＿＿＿＿＿＿＿＿＿＿＿＿＿＿＿＿＿＿＿＿＿＿＿

＿＿＿＿＿＿＿＿＿＿＿＿＿＿＿＿＿＿＿＿＿＿＿＿＿

＿＿＿＿＿＿＿＿＿＿＿＿＿＿＿＿＿＿＿＿＿＿＿＿＿

＿＿＿＿＿＿＿＿＿＿＿＿＿＿＿＿＿＿＿＿＿＿＿＿＿

＿＿＿＿＿＿＿＿＿＿＿＿＿＿＿＿＿＿＿＿＿＿＿＿＿

＿＿＿＿＿＿＿＿＿＿＿＿＿＿＿＿＿＿＿＿＿＿＿＿＿

＿＿＿＿＿＿＿＿＿＿＿＿＿＿＿＿＿＿＿＿＿＿＿＿＿

＿＿＿＿＿＿＿＿＿＿＿＿＿＿＿＿＿＿＿＿＿＿＿＿＿

＿＿＿＿＿＿＿＿＿＿＿＿＿＿＿＿＿＿＿＿＿＿＿＿＿

第十三招 「層遞法」

　　把兩個以上的事物層層推進，產生一種和諧的層次與節奏感，並且將它的重點擺在最後面，也就是「詩眼」的所在，這種寫詩的修辭學方法，叫做【層遞法】。

　　層遞的修辭法不管是前進式（遞升排列）、後退式（遞降排列）、比較式（數量或程度的遞進排列），由於行文時依序層層遞進，條分縷明，相當有可看性。

> ♥小叮嚀：有人用「歲月」寫日記，有人用「照相機」寫
>   日記，也有人用「筆」寫日記，小詩人們，
>   希望你們能用學到的童詩寫日記喔！

☞ **範本句型提示：**

一、藍天是希望的鑰匙／媽媽是愛心的鑰匙／我是快樂的鑰匙。

二、粉筆是黑板的好朋友／掃把是畚斗的好朋友／我的好朋友是日記。

三、書是我的老師／媽媽是我的老師／朋友是我的老師。

四、白雲是藍天的心肝寶貝／小草是大地的心肝寶貝／我是媽媽的心肝寶貝。

句型：

【藍天是希望的鑰匙／媽媽是愛心的鑰匙／

我是快樂的鑰匙】

作品：

鑰匙（三孝陳冠伶）

藍天是希望的鑰匙，

開啟了希望之門，

讓我美夢成真。

媽媽是愛心的鑰匙，

開啟了愛心之門，

讓我感到溫暖。

我是快樂的鑰匙，

開啟了快樂之門，

讓全家人天天都快樂。

賞析：

　　鑰匙是一種硬梆梆的工具，如何將它擬人化，變成有生命的個體，則需要高度想像力的發揮。

　　小詩人用「譬喻法」為每段開頭，藍天是希望的鑰匙／媽媽是愛心的鑰匙／我是快樂的鑰匙，是一種創意；而它們又分別開啟了希望之門／愛心之門／快樂之門，更是一種巧思；最後以融入感情收尾，讓我美夢成真／讓我感到溫暖／讓全家人天天都快樂，如此由遠而近，情真意摯的寫法，一氣呵成，寫活了「鑰匙」這個主題。

　　全詩使用「層遞法」層層遞進，排列工整，意境高遠，是一首難得的好詩。

範　本　一

📝 句型：

【粉筆是黑板的好朋友／掃把是畚斗的好朋友／

我的好朋友是日記】

📝 作品：

好朋友（四忠陳潔曦）

粉筆是黑板的好朋友，

天天在黑板寫上自己的心事，

有什麼苦衷就告訴對方；

掃把是畚斗的好朋友，

掃地的時候，

都把垃圾放在畚斗肚子裡；

我的好朋友是日記，

每當我有委屈的時候，

我就會向它傾訴。

賞析：

　　寫「層遞法」就像拍電影，要先從遠鏡頭入鏡，再拉到中鏡頭、近鏡頭，層層相遞，環環相扣，尤其近鏡頭的特寫部份，往往又是全詩的精華所在。

　　好朋友是個廣泛的主題，小詩人共用了三層角色組合來詮釋主題，第一層是粉筆與黑板的關係；第二層是掃把與畚斗的關係；第三層是日記與我的關係，在層遞的導引下，把「好朋友」寫的唯妙唯肖。

　　小詩人又將「層遞法」融入最容易引起共鳴的「擬人法」，有錦上添花的美妙效果。

句型：

【書是我的老師／媽媽是我的老師／朋友是我的老師】

作品：

老師（四孝陳思羽）

書是我的老師，

派功課給我寫，

讓我充滿了智慧；

媽媽是我的老師，

教我人生大道理，

讓我知道生命很寶貴；

朋友是我的老師，

我心情不好，

就會跑來安慰。

賞析：

　　老師有很多種，只要對我們人生、智慧或學問有幫助的人，都可通稱為「老師」，小詩人打破了老師僵化的形象，就是一種新的創意。

　　本詩將書／媽媽／朋友，都稱為老師，因為他們都扮演教導或安慰的角色，例如書教我智慧、媽媽教我人生道理、朋友在我心情不好時安慰我，所以都是我的老師，三個層次，三種感覺，三樣心情，精巧地串連全詩的主題。

　　每段末尾的押韻，自然而不做作，讓全詩讀起來更有韻味。

範　本　四

句型：

【白雲是藍天的心肝寶貝／小草是大地的心肝寶貝／

我是媽媽的心肝寶貝】

作品：

心肝寶貝（六信王瑛雅）

白雲是藍天的心肝寶貝，

白雲冷的時候，

藍天便用那龐大的身體，

將白雲緊緊抱住。

小草是大地的心肝寶貝，

大地原本沒顏色，

小草便站在大地身上，

使大地變得綠意盎然。

我是媽媽的心肝寶貝，

當我餓的時候，

媽媽便煮出一手好菜，

讓我吃得津津有味！

賞析：

　　每個人都希望自己是別人的心肝寶貝，得到愛的呵護，小詩人以此為創作靈感來源。

　　小詩人運用排比的三層關係，道出心肝寶貝的遠近距離。第一層是遠方的「白雲與藍天」的關係；第二層是近處的「小草與大地」的關係；第三層是切身的「我與媽媽」的關係，視焦由遠而近，由外而內，如此環環相扣，道出心肝寶貝的真實意涵，特別容易引起共鳴。

燈（廖文毅老師）

天上一顆顆的

是天燈，

滿載希望的祝福，

照亮夜空；

路上一盞盞的

是路燈，

擁抱夜歸的孤獨，

指引方向；

心裡一朵朵的

是心燈，

開滿愛的詩篇，

溫暖人間。

☞ 請寫出老師作品裡的層遞法句子？

_____

_____

_____

創 作 練 習

📝 **我的層遞法句型：**

【 　　　　　　　　　　　　　　　　　　　　　　　　 】

📝 **我的童詩創作：**

　　　　題目：

修辭技巧大考驗

請試著找出童詩中的修辭學方法（複選）

一、表情（六信王瑛雅）

表情是一首善變的歌曲。
當表情流出眼淚的時候，
歌曲變得哀傷而難過；
當表情露出笑臉的時候，
歌曲變得活潑而有力。
表情和歌曲又是一對好朋友，
不管表情的心情怎樣，
歌曲就配合表情的心情。

（答案：暗喻、具體、擬人、對比。）

二、春天的消息（廖文毅老師）

冰雪融化，

急切地告訴我，

春天要來的消息；

枯枝吐芽，

急切地告訴我，

春天要來的消息；

蜜蜂採蜜忙，

急切地告訴我，

春天要來的消息；

變短的衣裳，

急切地告訴我，

春天要來的消息。

咦！

冬天呢？

已悄悄跟著我的棉被──

睡入衣櫃……。

（答案：擬人、類疊、感嘆、設問、排比。）

第二單元

作品賞析

選自《國語日報》

一、學生作品（選自「週日童詩教室」）

老師（五信吳姿蓉）

老師有話想對我說，
我卻聽不懂老師的話，
悄悄的離開。
我只好對著風和樹說，
但他們也聽不懂我在說什麼？
風對我笑嘻嘻，
樹也拚命搖頭。

賞析：

老師是學生最親近與敬畏的人，恨鐵不成鋼，常常講長篇大論的道理給我們聽，但我卻一點也聽不懂，只好悄悄地離開。

我只好對風和樹說，但就像老師對我一樣，我講的話他們也聽不懂，風只頑皮地對我笑嘻嘻，樹卻拚命搖頭。

全詩充滿了童趣，一種老師與學生之間微妙的關係，是你我曾有的經驗，貼近又遙遠，令人值得一再玩味。

新年（五信梁欣惠）

新年是一桌酒席，
吃出了絲絲的歡喜，
讓大家吃出年年開心。

新年是一串鞭炮，
放出全世界的好運到，
讓大家年年有餘。

新年是一件衣服，
穿出了滿心的歡喜，
讓大家年年有福氣。

賞析：

小朋友最喜歡新年的到來，有好吃的年夜飯，有熱鬧的鞭炮，還有新衣服穿，多好！

作者分三段描寫過年的情境，並大量使用「類疊法」中的疊字，如「絲絲歡迎」、「年年開心」、「年年有餘」、「年年福氣」等，讓過年的感覺更強，氣氛更濃。

全詩朗讀順暢，排比整齊，喜氣洋洋，有十足的年味！

不可以（五信王瑛雅）

我把東西往上丟，

媽媽向我說：「不可以！」

緊張什麼？

我只是在觀察自由落體。

我亂咬茶杯，

媽媽向我說：「不可以！」

緊張什麼？

我只是看看這能不能吃。

我躺在地上，

媽媽向我說：「不可以！」

緊張什麼？

我只是在練習仰臥起坐。

媽媽你可不可以不要急著說：「不可以！」

因為我只是「太好奇」！

☞ 賞析：

「不可以」是個帶有否定意味的主題，如何將它導向正面，考驗著小詩人的寫作功力。

小詩人連續用三個完整的句型開頭，破題就是「排比法」，句型中又蘊含對話、感嘆、設問等技巧，以自問自答的方式呈現，別出心裁。最後終於公布題旨隱含的意義，就是「我只是太好奇！」

全詩充滿節奏感，是一篇難得的佳作。

吹泡泡（五信魏年瑛）

爸爸教我吹泡泡，

我吹了小泡泡，

上面有天空，

還把全家照在泡泡裡面，

我把它放在吸管上，

當作我的作品，

我可以把泡泡放在房間裡，

一直看泡泡。

賞析：

純真的童心，讓人體會童詩的可愛之處。

吹泡泡是一種現實與虛幻的結合，現實的泡泡很漂亮，可以反射多彩的世界，虛幻的泡泡更漂亮，可以投射小朋友的心理狀況，所以「把全家照在泡泡裡面／放在吸管上／當作我的作品／放在房間裡，一直看泡泡」等，都是作者最純真與可愛的幻想。

幻想的童詩如夢似幻，讓人百看不厭。

畢業旅行（六信陳家瑋）

放學了，

我回到家，

聽媽媽說不能去畢業旅行，

快樂的心情隨黃昏的太陽落下，

愉快的表情隨悲傷的風飄過，

人生頓時變成荒蕪的沙漠。

我只有到夢裡追尋，

看虛擬的太空劇場，

玩刺激的雲霄飛車，

坐恐怖的大怒神，

神遊幻想的畢業旅行。

賞析：

　　畢業旅行是小學生六年來最期待的一次校外教學，然而聽到媽媽堅定的否決，小詩人的心都碎了，只好自力救濟，收拾好落寞的心情，來一場獨特的奇幻之旅。

　　「快樂的心情隨黃昏的太陽落下」、「愉快的表情隨悲傷的風飄過」、「人生頓時變成荒蕪的沙漠」，小詩人一字字道出心中的難過；但筆鋒一轉，「我只有到夢裡追尋」，用做白日夢的方式達成心願，是全詩的詩眼所在，也是小詩人令人讚賞的創意。

二、廖老師作品（選自「為兒童寫詩」）

手指彎彎（兒歌）

彎拇指，

彎拇指，

拇指有個大肚鼓；

彎食指，

彎食指，

食指指路最清楚；

彎中指，

彎中指，

中指力氣大如虎；

無名指，

無名指，

戴上戒指真幸福；

彎小指，

彎小指，

小指勾勾來跳舞。

秋天的菊花

秋天的菊花正香甜，
把收集到的夏天陽光，
藏在花瓣，
送給別人。
一片二片三片，
送給微風當髮編；
四片五片六片，
送給草地當亮片；
七片八片九片，
送給媽媽當書籤；
百片千片萬片，
鋪在大地當床墊，
讓落下的種子，
有張舒服而溫暖的床，
可以安心睡過冬天，
醒在明年發芽的春天。

荔枝

垂盈枝椏間的荔枝，
　吸飽了朝霞紅，
在露水的滌洗下，
　羞著青澀的紅顏。

風輕輕吹開薄霧，
　在翠綠的布幕裡，
小演員們相互爭紅，
彷彿急著招引觀眾，
品嚐它那甜美的夏之味。

我想要

我想要，
變成風箏，
跟雲兒捉迷藏；
我想要，
變成彩虹，
秀出漂亮的新裝；
我想要，
變成微風，
悄悄飛到爸媽的身旁，
輕輕告訴他們，
我會好好用功，
不會讓他們失望。

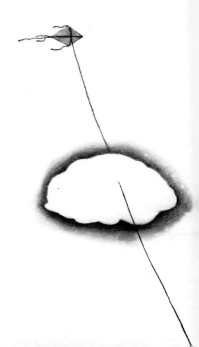

夏末午後

夏末的午後，
享受一杯甘醇的咖啡，
沁入咽喉的苦——
是甜的。
南風吹來清涼，
喚起輕輕的睡意，
打一個舒服的盹兒，
融入蟬聲更迭的協奏。
微閤的眼皮縫中，
光影交替，
提醒我要好好珍惜，
這僅存的夏季。

童話世界

泛黃的書頁，

在春風的輕吻下，

鑲嵌的文字，

竟悄悄地活了過來，

化成一顆顆跳躍的種子，

在孩子一畝畝的心田中，

成長、茁壯，

開出一朵朵燦爛的詩篇。

白雪公主為什麼遇到七個小矮人？

灰姑娘為什麼掉了玻璃鞋？

青蛙為什麼會變成王子？

一個個為什麼？

就像一粒粒飽含夢想的氣球，

揚向天際，

為孩子編織綺麗的童年，

為童年散發濃郁的芬芳。

童話世界，

是你我撤除藩籬的地方；

童話世界，

是你我堆積希望的故鄉；

童話世界，

也是你我馳騁想像的天堂。

秋思

告別夏的酷熱，
燕子捎來秋的消息。
風箏起飛了，
飛翔在悠遠的藍天；
楓葉喝醉了，
醉倒在詩意的山巒；
旅人心碎了，
碎融在思念的故鄉。
趁著夜涼如水，
遠眺皎潔明月，
這充滿淒美的夜，
令人迷醉………。

冬爺爺的禮物

冬爺爺，

好送禮，

最愛白色當禮品。

送青山，

一頂大白帽；

送花園，

一席白地毯；

送給我，

一件白棉襖，

咦？

那阿嬤的白頭髮

和阿公的白鬍鬚，

也是冬爺爺送的嗎？

附 錄

童詩教學檔案

一、前言

　　徐守濤教授在《兒童文學》（民85）一書中，對童詩有如下定義：一、具有詩的特質；二、適合兒童的；三、兒童的心聲；四、美的化身，反映出童詩是為兒童與詩、心靈、藝術等搭起的一座座美麗橋樑，讓兒童在最自然的狀態下，融入詩的芬芳世界。

　　誠如林鍾隆先生在《國語日報》中所言：「兒童文學，就是為兒童服務的文學。」筆者有幸站在教育的第一線，肩負起為兒童搭橋的工作，希望這座橋能成為溝通童詩、學生與老師之間的「心橋」，為孩子們撒下一顆顆希望的種子，將來孕育出一片翁翁鬱鬱的詩林。

二、教學目標

　　（一）能體會童詩的美
　　（二）能在愉悅的環境中學習、創作
　　（三）能在同儕的合作中進步、成長
　　（四）能在師生的互動中交流、茁壯

三、教學步驟

　　（一）讓兒童在背誦中吸收養份
　　（二）讓兒童在仿作中吐露新芽
　　（三）讓兒童在創作中開花結果
　　（四）讓兒童在共賞中匯聚成林

四、教學方法

（一）教學內容

　　以兒童適合程度的修辭學方法為教學依據，奠定孩子語文基礎能力，其步驟為：一、定義解說（了解該修辭學意義）；二、例句誦讀（了解句法組織）；三、作品欣賞（觀摩學習）；四、教師賞析（回饋學習）；五、學習單練習（實際創作）。而理想的教學時數以一單元三節課為原則，第一節針對上次寫作的優良作品進行情意性欣賞活動（可用Power Point呈現）；第二節為正式課程講解，著重師生互動；第三節實際創作，學以致用，讓兒童在未來的童詩世界裡紮根。

　　另外在學習單方面，亦有妙用，可讓學生根據詩作的意象在上面彩繪圖案，將單純的文字入色，呈現古人「詩中有畫，畫中有詩」的意境，必能激發小朋友的創作熱忱，為童詩增添光輝。

（二）輔助資料

　　如果學生對童詩只有些許概念，可以先從簡單的「仿作」開始，再從事上述的正式教學，而「背詩」也是一種很好的教學策略，獎勵他們多多背誦優良作品，才能拓展視野，潛移默化中了解別人的詩作架構與創作靈感，以便日後做為自己從事創作時的參考，其作品來源如下：

1.網路童詩網站。

2.《國語日報》週日「兒童園地版」童詩專欄。

3.《國語日報童詩選》。

4.國語課本童詩課文。

5.聯絡簿節錄的優良作品。

6.其他書報雜誌優良作品。

（三）教師賞析

　　針對優良的兒童作品，進行「教師賞析」回饋，如創作理念的闡述、寫作背景的鋪陳、技巧的運用與優劣的評論等等，讓兒童了解自己作品的優缺點，並做為別人創作的參考。

（四）設立網頁

　　將童詩作品結合「班級網頁」具體呈現，例如在班級網頁上開闢「童詩天地」專欄，將兒童所寫的作品登錄，除了方便進行「電腦輔助教學」外，也讓兒童的作品有正式發表機會。

（五）聯合投稿

　　好的作品並非獨賞，而是要發表給更多人欣賞，並獲得別人的肯定，這也是一種實力的挑戰與認可，因此除了指導班上學生創作外，也可以發起全校童詩創作比賽，優良作品不僅可刊登於校刊上，更可統一投稿報章雜誌，甚至由老師與學生「共同創作，一起投稿」，老師投《國語日報》「為兒童寫詩版」，學生投「兒童園地版」，亦可收教學相長之效。

五、教學反省

　　就個人指導童詩寫作經驗，即使程度不好的同學，也能在「改寫、仿作」的過程中，得到樂趣；而程度中上者，亦能在「創作、共賞」的過程中，得到成就感。因此如傅林統先生在《兒童文學的思想與技巧》（民79）中所言：「兒童詩的發展雖然一枝獨秀，但觀點與意見分歧，莫衷一是，許多小學教師有無所適從的感覺。」這的確是事實，但只要環境許可，選用適當教材，加上老師的誘導與鼓勵，童詩依然能開創出屬於自己的一片天，帶給學生更多的文學知識與情意樂趣。

六、結論

　　「再好的璞玉，沒有經過雕琢，永遠是塊石頭；再多的理論，沒有經過實用，也永遠只是理論。」筆者秉持對教學的熱情，及對兒童文學的熱愛，願以園丁自居，灌溉孩子們一顆顆具有無限潛力的幼苗，結合理論與實務，讓孩子的文學生命活起來，慢慢散發充滿朝氣的詩意。

兒童文學04　PG0979

童詩一點靈
——童詩創作速成法十三招

編者／廖文毅
責任編輯／林千惠
圖文排版／賴英珍、姚宜婷
封面設計／陳佩蓉
出版策劃／秀威少年
製作發行／秀威資訊科技股份有限公司
114 台北市內湖區瑞光路76巷65號1樓
電話：+886-2-2796-3638
傳真：+886-2-2796-1377
服務信箱：service@showwe.com.tw
http://www.showwe.com.tw

郵政劃撥／19563868
戶名：秀威資訊科技股份有限公司
展售門市／國家書店【松江門市】
104 台北市中山區松江路209號1樓
電話：+886-2-2518-0207
傳真：+886-2-2518-0778

網路訂購／秀威網路書店：http://www.bodbooks.com.tw
　　　　　國家網路書店：http://www.govbooks.com.tw
法律顧問／毛國樑　律師

總經銷／聯寶國際文化事業有限公司
221新北市汐止區康寧街169巷27號8樓
電話：+886-2-2695-4083
傳真：+886-2-2695-4087

出版日期／2013年9月　BOD一版　定價／200元
ISBN／978-986-89521-1-9

秀威少年
SHOWWE YOUNG

國家圖書館出版品預行編目

童詩一點靈：童詩創作速成法十三招 / 廖文毅編著. -- 一版.
  -- 臺北市：秀威少年, 2013. 09
    面；　公分
  ISBN 978-986-89521-1-9

  1. 童詩　2. 寫作法

859.1   102011733

讀 者 回 函 卡

感謝您購買本書，為提升服務品質，請填妥以下資料，將讀者回函卡直接寄回或傳真本公司，收到您的寶貴意見後，我們會收藏記錄及檢討，謝謝！
如您需要了解本公司最新出版書目、購書優惠或企劃活動，歡迎您上網查詢或下載相關資料：http:// www.showwe.com.tw

您購買的書名：＿＿＿＿＿＿＿＿＿＿＿＿＿＿＿＿＿＿＿＿＿＿＿＿

出生日期：＿＿＿＿＿年＿＿＿＿＿月＿＿＿＿＿日

學歷：□高中 (含) 以下　　□大專　　　□研究所 (含) 以上

職業：□製造業　□金融業　□資訊業　□軍警　□傳播業　□自由業
　　　□服務業　□公務員　□教職　　□學生　□家管　　□其它＿＿＿

購書地點：□網路書店　□實體書店　□書展　□郵購　□贈閱　□其他

您從何得知本書的消息？

　□網路書店　□實體書店　□網路搜尋　□電子報　□書訊　□雜誌

　□傳播媒體　□親友推薦　□網站推薦　□部落格　□其他＿＿＿＿＿

您對本書的評價：(請填代號　1.非常滿意　2.滿意　3.尚可　4.再改進)

　封面設計＿＿＿　版面編排＿＿＿　內容＿＿＿　文／譯筆＿＿＿　價格＿＿＿

讀完書後您覺得：

　□很有收穫　□有收穫　□收穫不多　□沒收穫

對我們的建議：＿＿＿＿＿＿＿＿＿＿＿＿＿＿＿＿＿＿＿＿＿＿＿＿

＿＿＿＿＿＿＿＿＿＿＿＿＿＿＿＿＿＿＿＿＿＿＿＿＿＿＿＿＿＿＿＿

＿＿＿＿＿＿＿＿＿＿＿＿＿＿＿＿＿＿＿＿＿＿＿＿＿＿＿＿＿＿＿＿

＿＿＿＿＿＿＿＿＿＿＿＿＿＿＿＿＿＿＿＿＿＿＿＿＿＿＿＿＿＿＿＿

11466
台北市內湖區瑞光路 76 巷 65 號 1 樓

秀威資訊科技股份有限公司　　　收

BOD 數位出版事業部

....

（請沿線對折寄回，謝謝！）

姓　　名：_____　年齡：_____　性別：□女　□男

郵遞區號：□□□□□

地　　址：_____

聯絡電話：(日) _____　(夜) _____

E-mail：_____